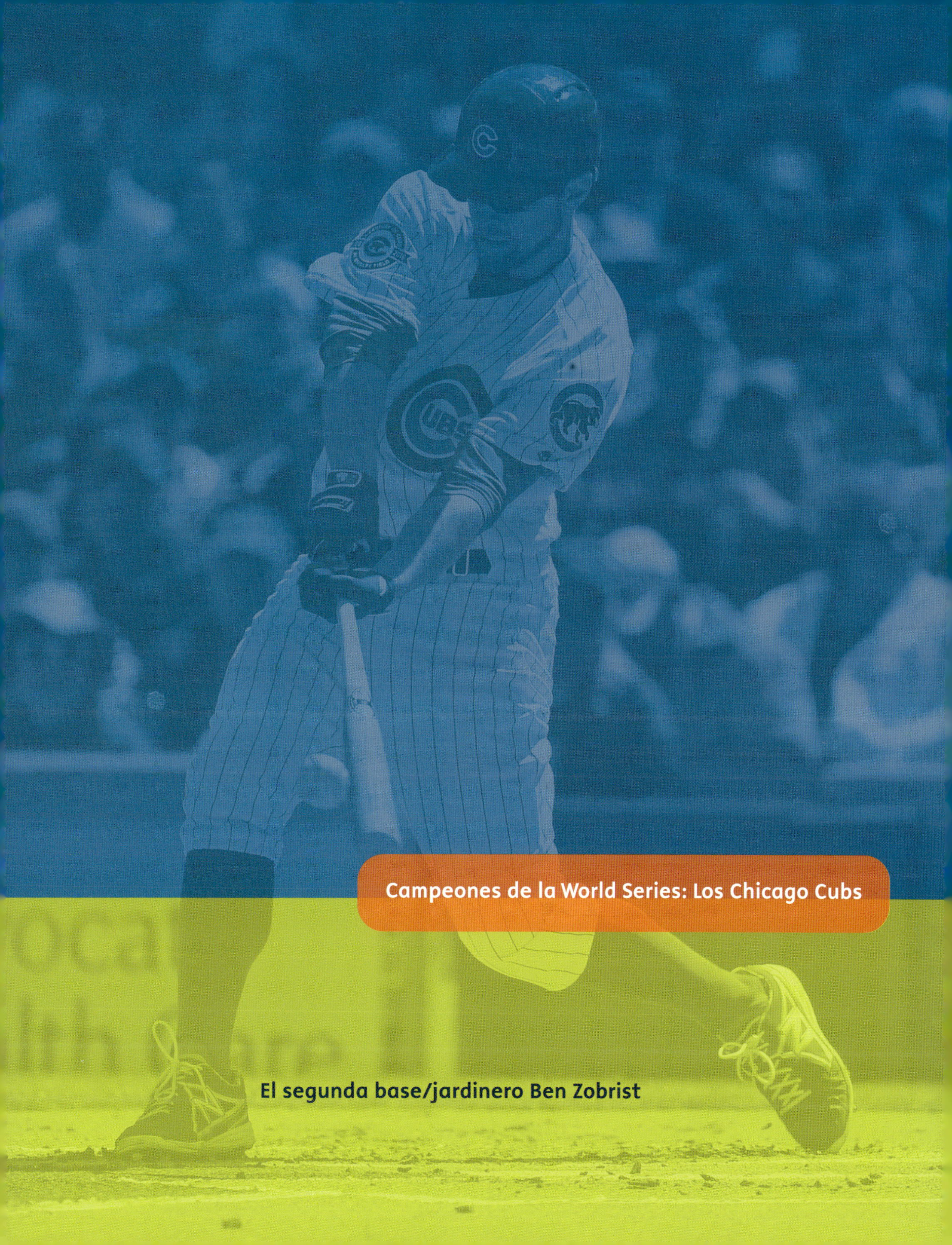

Campeones de la World Series: Los Chicago Cubs

El segunda base/jardinero Ben Zobrist

El jardinero Sammy Sosa

CAMPEONES DE LA WORLD SERIES

LOS CHICAGO CUBS

MEGAN COOLEY PETERSON

CREATIVE SPORTS

CREATIVE EDUCATION/CREATIVE PAPERBACKS

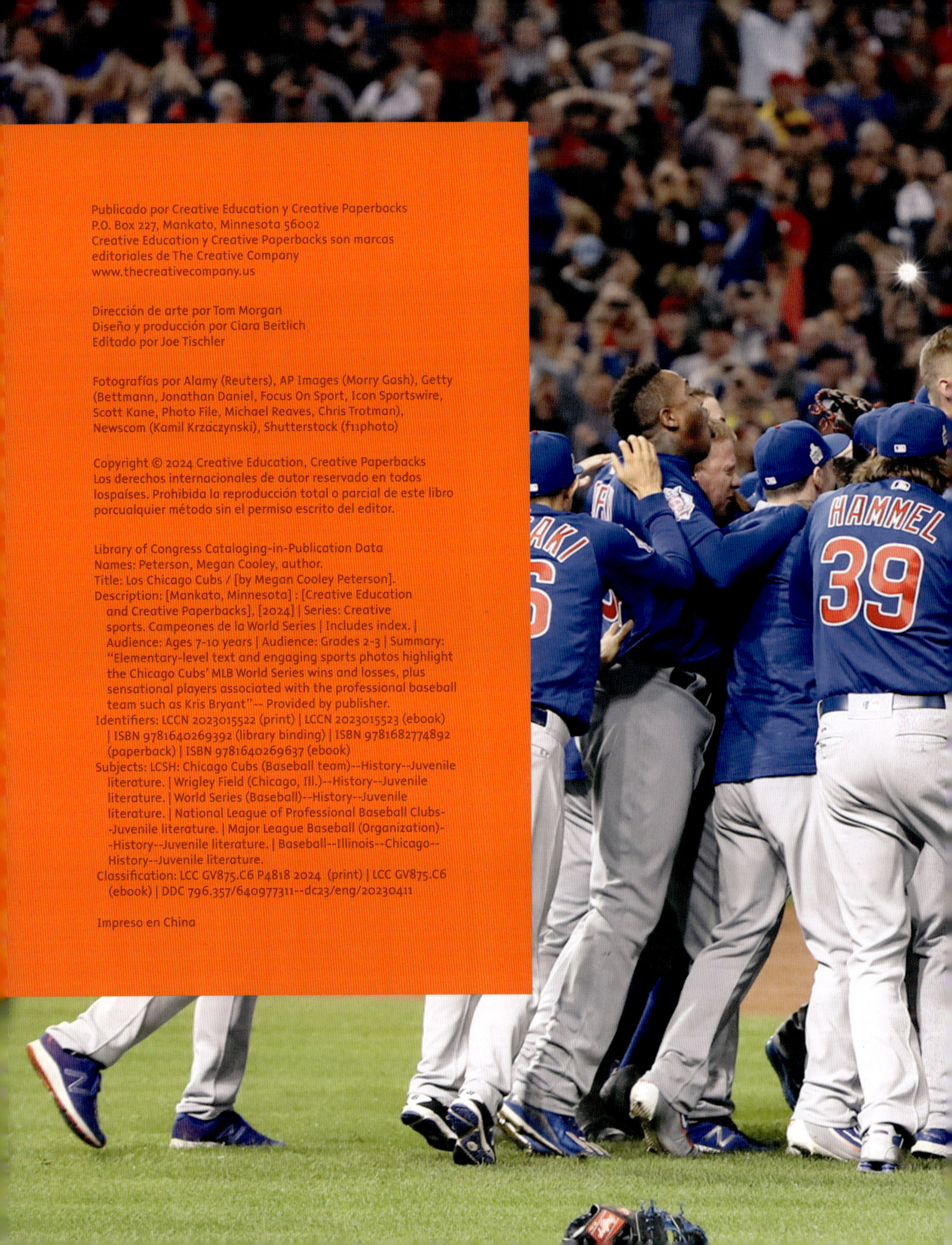

Publicado por Creative Education y Creative Paperbacks
P.O. Box 227, Mankato, Minnesota 56002
Creative Education y Creative Paperbacks son marcas editoriales de The Creative Company
www.thecreativecompany.us

Dirección de arte por Tom Morgan
Diseño y producción por Ciara Beitlich
Editado por Joe Tischler

Fotografías por Alamy (Reuters), AP Images (Morry Gash), Getty (Bettmann, Jonathan Daniel, Focus On Sport, Icon Sportswire, Scott Kane, Photo File, Michael Reaves, Chris Trotman), Newscom (Kamil Krzaczynski), Shutterstock (f11photo)

Library of Congress Cataloging-in-Publication Data
Names: Peterson, Megan Cooley, author.
Title: Los Chicago Cubs / [by Megan Cooley Peterson].
Description: [Mankato, Minnesota] : [Creative Education and Creative Paperbacks], [2024] | Series: Creative sports. Campeones de la World Series | Includes index. | Audience: Ages 7-10 years | Audience: Grades 2-3 | Summary: "Elementary-level text and engaging sports photos highlight the Chicago Cubs' MLB World Series wins and losses, plus sensational players associated with the professional baseball team such as Kris Bryant"-- Provided by publisher.
Identifiers: LCCN 2023015522 (print) | LCCN 2023015523 (ebook) | ISBN 9781640269392 (library binding) | ISBN 9781682774892 (paperback) | ISBN 9781640269637 (ebook)
Subjects: LCSH: Chicago Cubs (Baseball team)--History--Juvenile literature. | Wrigley Field (Chicago, Ill.)--History--Juvenile literature. | World Series (Baseball)--History--Juvenile literature. | National League of Professional Baseball Clubs--Juvenile literature. | Major League Baseball (Organization)--History--Juvenile literature. | Baseball--Illinois--Chicago--History--Juvenile literature.
Classification: LCC GV875.C6 P4818 2024 (print) | LCC GV875.C6 (ebook) | DDC 796.357/640977311--dc23/eng/20230411

Impreso en China

Campeones de la World Series de 2016

El tercera base Kris Bryant

CONTENIDO

El hogar de los Cubs 8

Nombrando a los Cubs 11

Historia de los Cubs 13

Otras estrellas de los Cubs 18

Sobre los Cubs 22

Glosario 23

Índice 24

El hogar de los Cubs

La ciudad de Chicago está junto al Lake Michigan en Illinois. Se la conoce como la "Ciudad de los Vientos." También es el hogar del equipo de béisbol los Chicago Cubs. Los Cubs han jugado en el Wrigley Field desde 1916. Hiedra verde cubre las paredes del jardinero del **estadio**.

Los Cubs son un equipo de béisbol de la Major League Baseball (MLB). Están en la División Central de la National League (NL). Sus **rivales** son los St. Louis Cardinals. Todos los equipos de la MLB intentan ganar la World Series para convertirse en campeones.

El lanzador Fergie Jenkins

Nombrando a los Cubs

En los primeros días, los Cubs tenían diferentes nombres. Entre ellos estaban, los White Stockings y los Colts. Para 1902, el equipo tenía muchos jugadores jóvenes. Los reporteros los comenzaron a llamar "los Cubs." "Cub" significa cachorro. El nombre se quedó. En 1907, el equipo se convirtió oficialmente en los Cubs.

El segunda base Johnny Evers

Historia de los Cubs

Los Cubs son uno de los equipos más antiguos de la MLB. Se unieron a la NL en 1876. Para 1886, ya habían ganado seis **banderines**.

En 1907, los Cubs ganaron su primera World Series. Vencieron a los Detroit Tigers. ¡Al año siguiente, volvieron a derrotar a los Tigers! El segunda base Johnny Evers ayudó a su equipo a convertirse en campeones consecutivos.

Los Cubs regresaron a las World Series siete veces hasta 1945. Perdieron las siete series. Después de eso, tuvieron grandes jugadores como el campocorto Ernie Banks. Fue nombrado el jugador más valioso de la NL en 1958 y 1959. Pero los Cubs no llegaron a las **eliminatorias**.

El campocorto Ernie Banks

El segunda base Ryne Sandberg

El segunda base Ryne Sandberg ayudó a los Cubs a llegar a las eliminatorias en 1984 y 1989. También llegaron allí varias veces después de eso. Pero la World Series quedó fuera de su alcance.

La suerte de los Cubs cambió en la temporada 2016. Se enfrentaron a los Cleveland Indians en la World Series. Ben Zobrist golpeó la carrera de pase con un hit a final del Juego 7. ¡Por primera vez en 108 años, los Cubs fueron campeones!

Otras estrellas de los Cubs

Los jugadores de los Cubs siempre han emocionado a los aficionados. El jardinero estrella Billy Williams fue uno de los mejores bateadores de la liga. Fue nombrado **Novato** del Año de la NL en 1961. Fergie Jenkins fue uno de los mejores lanzadores en la historia de los Cubs. Tuvo más de 2000 **ponchadas** como un Cub.

El jardinero Billy Williams

El jardinero Ian Happ

El tercera base Kris Bryant se unió al equipo en 2015. Fue Novato del Año de la NL en 2015. Al año siguiente, fue nombrado el jugador más valioso de la NL. Los jugadores más nuevos, como Ian Happ y Dansby Swanson tienen hambre de ganar. Ambos jugadores han ganado el premio Gold Glove. Los mejores jardineros lo ganan. ¡Los aficionados ven otro campeonato en el futuro de los Cubs!

Sobre los Cubs

Comenzaron a jugar en: 1870

Liga/división: Liga Nacional, División Central

Colores del equipo: azul, blanco y rojo

Estadio local: Wrigley Field

CAMPEONATOS DE LA WORLD SERIES:

1907, 4 juegos a 0,
venciendo a los Detroit Tigers

1908, 4 juegos a 1,
venciendo a los Detroit Tigers

2016, 4 juegos a 3,
venciendo a los Cleveland Indians

Sitio web de los Chicago Cubs:
www.mlb.com/cubs

Glosario

banderín: un campeonato de una liga; un equipo que gana un banderín juega en la World Series

eliminatorias: partidos que juegan los mejores equipos después de una temporada para ver quién será el campeón

estadio: un edificio con niveles de asientos para los espectadores

novato: un jugador de primer año

ponchada: cuando un bateador hace un out al hacer tres strikes mientras bateaba

rival: un equipo que juega muy duro contra otro equipo

El jardinero Seiya Suzuki

Índice

Banks, Ernie, 14

Bryant, Kris, 21

El jugador más valioso, 14, 21

Evers, Johnny, 13

Gold Glove Award, 21

Happ, Ian, 21

Jenkins, Fergie, 18

nombre del equipo, 11

Novato del Año, 18, 21

Sandberg, Ryne, 17

Swanson, Dansby, 21

Williams, Billy, 18

Wrigley Field, 8

Zobrist, Ben, 17